Dieter Grossherr

Wir vom Jahrgang 1929

Kindheit und Jugend

Impressum

Bildnachweis:

Archiv Dieter Grossherr: S. 4, 6 u., 7 l./r., 9, 10 o./M./u., 11 o./u., 12, 16, 17, 18, 25, 26, 27 o.l., 29, 32, 34 u., 36, 38, 43, 47, 48, 49, 58, 62 o./M./u., 63; Sammlung W. Berendt: S. 8; Hagen Kraak, Gütersloh: S. 15, 21, 34 o., 37 u., 50; Aus: „Heil Hitler, Herr Lehrer". Volksschule 1933 –1945. Das Beispiel Berlin, hg. Norbert Franck, Gesine Asmus, rowohlt: Reinbeck b. Hamburg 1983, S. 82: S. 22; Karl-May-Verlag: S. 27 o.r. (2); Gebr. Märklin & Cie. GmbH: S. 27 u.; Kulturgeschichtliches Museum Osnabrück: S. 37 o., 57 u.; Sudetendeutsches Bildarchiv: S. 52 o.; Archiv Eugen Sauter: S. 54 u.; Stadt Leipzig: S. 57 o.; Bilderberg, upi: S. 60; Institut für Stadtgeschichte, Frankfurt a. M., S7Ko/1301, Fred Kochmann: S. 61;
ullstein bild: S. 6 o.; ullstein bild – ullstein bild: S. 19, 23, 52 u., 54 o.; ullstein – Schäche: S. 24; ullstein bild – Heinrich Hoffmann: S. 28; ullstein – Stary: S. 30; ullstein bild – Wolff & Tritschler: S. 35; ullstein bild – Archiv Gerstenberg: S. 41, 45; picture-alliance / akg-images: S. 40; picture-alliance / (c) dpa – Fotoreport: S. 46

Wir danken allen Lizenzträgern für die freundliche Abdruckgenehmigung.
In Fällen, in denen es nicht gelang, Rechtsinhaber an Abbildungen zu ermitteln, bleiben Honoraransprüche gewahrt.

12., überarbeitete Neuauflage 2018

Gestaltung und Satz: r2 I Ravenstein, Verden
Druck: Druck- und Verlagshaus Thiele & Schwarz GmbH, Kassel
Buchbinderische Verarbeitung: Buchbinderei S. R. Büge, Celle

34281 Gudensberg-Gleichen • Im Wiesental 1
Telefon: 056 03/9 30 50 • www.wartberg-verlag.de
ISBN: 978-3-8313-3029-4

Vorwort

Liebe 29er!

Vielleicht geht es Ihnen ähnlich wie mir: Im Alter erinnert man sich öfter und klarer als früher an Ereignisse aus der Kindheit und der Jugendzeit, obwohl sie schon Jahrzente zurückliegen. Dabei wird einem manchmal erst jetzt bewusst, wie wichtig dieses oder jenes Erlebnis für die eigene Persönlichkeitsentwicklung war. Manches, wovon ich in diesem Buch erzähle, werden Sie ähnlich erlebt haben, manches anders. Doch trotz aller Unterschiede gehören wir vom Jahrgang 1929 insgesamt zu denen, die der Soziologe Helmut Schelsky nach dem Krieg „die skeptische Generation" genannt hat. Unsere Kindheit und Jugend war überschattet von Rassenwahn und Kriegsgeschrei. Deshalb ist es gut, dass wir gelernt haben, den großen Worten zu misstrauen und diese Lebenserfahrung an Jüngere weitergeben können. Das gilt natürlich auch für die schönen und heiteren Erlebnisse aus unseren jungen Jahren.

Mögen Ihnen die folgenden Seiten Vergnügen bereiten und dazu beitragen, sich wieder einmal mit der eigenen Vergangenheit zu beschäftigen, auch um anderen davon erzählen zu können. Das Buch widme ich Ihnen, liebe Leserinnen und Leser, sowie meinen Enkelkindern Nicolai, Anna, Jascha und Julian.

Dieter Grossherr

Von der Wiege zum Laufstall

Der Neue vom Jahrgang 1929

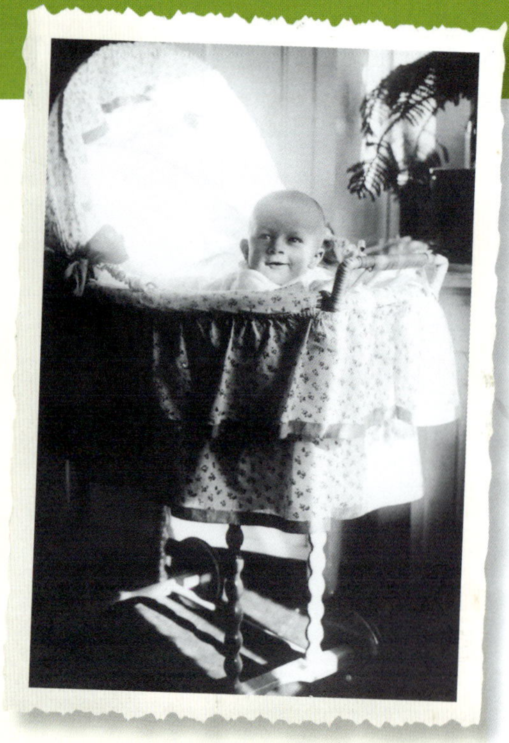

Zwei Jahrhundert-Ereignisse

Wer 1929 das Licht der Welt erblickte wie Michael Ende, Harald Juhnke oder James Last, die Schauspielerin Nadja Tiller oder die Schriftstellerin Christa Wolf, hatte natürlich noch keine Ahnung, dass auf unser Geburtsjahr zwei Ereignisse fallen sollten, die das ganze Jahrhundert prägten: Die erste öffentliche Ausstrahlung von Fernsehbildern in Deutschland durch die Reichspost und der große Börsenkrach in New York. Die Fernseh-Versuchsprogramme vom Sender am Berliner Funkturm konnten 1929 nur wenige Auserwählte anschauen. Aber die vom Zusammenbruch der Börsenkurse ausgelöste schwere Krise der Weltwirtschaft bekam auch in Deutschland jeder zu spüren, auf Jahre hinaus. Nutznießer waren Hitler und die Nationalsozialisten, an deren Heilsversprechen sich Millionen von Menschen klammerten. Die hohe Arbeitslosigkeit infolge der Wirtschaftskrise, ein mangelhaftes soziales Sicherheitssystem und die noch immer nicht überwundene katastrophale Geldentwertung nach der deutschen Niederlage im Ersten Weltkrieg, das alles traf die ärmeren Familien besonders hart. Es führte aber auch zur Verarmung von Millionen Angehörigen des Mittelstandes. So wurden Bescheidenheit und Sparsamkeit dem Jahrgang 1929 schon in die Wiege gelegt.

Chronik

8. März 1929
Der Telefunken-Sender in Berlin-Witzleben strahlt die ersten Fernsehbilder aus: zwei Mädchen im Badeanzug.

17. März 1929
Verkauf der Adam Opel AG an General Motors.

5. September 1929
Frankreichs Außenminister Aristide Briand schlägt die Schaffung der „Vereinigten Staaten von Europa“ vor, der deutsche Außenminister Gustav Stresemann stimmt zu.

24. Oktober 1929
„Schwarzer Freitag“ an der New Yorker Börse.

29. März 1930
Heinrich Brüning wird Reichskanzler und regiert mit Notverordnungen.

12. Juni 1930
Max Schmeling wird Boxweltmeister im Schwergewicht.

30. Juni 1930
Abzug der letzten französischen Besatzungstruppen aus dem Rheinland.

14. September 1930
Reichstagswahl: Die Sitze der NSDAP steigen von zwölf auf 107. Heinrich Brüning bleibt Reichskanzler.

14. April 1931
Der spanische König verzichtet auf die Regierungsgewalt, Spanien wird Republik.

1. Mai 1931
Das Empire State Building in New York wird eröffnet. Es ist das höchste Gebäude der Welt.

13. Juli 1931
Der deutsche und internationale Zahlungsverkehr bricht zusammen, für vier Wochen schließen alle Banken.

11. Oktober 1931
Großindustrielle, die NSDAP und andere rechtsextreme Parteien gründen die „Harzburger Front“ zum Sturz der Demokratie.

Dezember 1931
5,3 Millionen Arbeitslose in Deutschland.

Jeder Stoffrest wird aufbewahrt

Obst und Gemüse kauften unsere Eltern auf Vorrat und immer dann, wenn es am billigsten war, entweder auf dem Wochenmarkt in der Stadt oder, um noch mehr zu sparen, größere Mengen direkt bei den Bauern in den Dörfern der Umgebung. In der Erntezeit lieferten die Bauern mit Pferdefuhrwerken Kartoffeln, Möhren, Kraut und Winteräpfel zentnerweise auch frei Haus. Im Keller waren die Vorräte eingelagert. Dort und in der Speisekammer füllte das von der Mutter eingekochte Obst als Kompott, Marmelade oder Fruchtsaft die Regale. Fertige Babynahrung gab es kaum. Neben der Muttermilch standen im ersten Lebensjahr Haferschleim, Grieß- und Gemüsebrei, Apfelmus und zerdrückte Bananen auf dem Speisezettel. Strampelhöschen für die Kleinsten, Kinderkleidung und vieles für die Erwachsenen strickten, häkelten und nähten die emsigen Mütter und Großmütter selbst. Jeder Stoff- und Wollrest wurde aufbewahrt, denn immer gab es etwas zu stopfen und zu flicken.

Fertige Babynahrung gab es noch nicht

Der erste BMW

Am 22. März 1929 wird in einer Fabrikhalle in Johannisthal bei Berlin ein zweitüriger Kleinwagen mit einem 743-ccm-15-PS-Vierzylindermotor und Ganzstahlkarosserie zusammengeschraubt: das erste Automobil von BMW, Typenbezeichnung 3/15, im Volksmund „Dixi" genannt. Der Wagen ist 3,25 Meter lang, er bietet Platz für zwei Erwachsene und zwei bis drei Kinder. Zuvor hat BMW in München nur Flugzeugtriebwerke und Motorräder gebaut. Das erste Auto, eine Lizenzfertigung des britischen Austin Seven, findet 16 000 Käuferinnen und Käufer. Die Limousine kostet 2500 Reichsmark, ein durchschnittliches Jahresgehalt. 1932 präsentieren dann die Bayerischen Motoren-Werke in der Fahrzeugfabrik Eisenach ihr erstes selbst konstruiertes Auto, den 3/20er. Ein Jahr später läuft dort der 303er vom Band, der erste Wagen mit dem für BMW typischen „Nierengrill-Kühler".

Ausflug im Kinderwagen,
Modelljahr 1929

Tägliches Vergnügungsbad
in der Holzwanne

Spaß in der Holzwanne

Für uns Einjährige war das tägliche Bad mit viel Seifenschaum und anschließender Ölung ein wahrer Genuss. Die Wanne war aus Holz oder Zink und fand, ebenso wie die preiswerte Kernseife, auch in der Waschküche Verwendung. Gebadet wurden wir Babys im Eltern-Schlafzimmer, manchmal auch gleich in der Küche. In den meisten Mietwohnungen gab es noch kein eigenes Bad, nicht einmal fließendes warmes Wasser. Heißes Wasser wurde auf dem eisernen Küchenherd zubereitet. In einem großen Topf kochte die Mutter auch die gespülten Baumwoll-Windeln aus. Einwegwindeln kamen erst Jahrzehnte später auf den Markt. Für die Morgenwäsche der Eltern stand im Schlafzimmer ein Waschtisch mit Kanne und Schüssel aus Steingut oder Porzellan bereit. Andere hatten nur ein einfaches Gestell mit einer emaillierten Waschschüssel aus Blech. Einmal in der Woche, meistens am Samstag, gingen Erwachsene und Jugendliche gern in eine der öffentlichen Badeanstalten, in denen es warmes Wasser, Dusch- und Wannenbäder gab. Brennholz für den Küchenherd, im Winter auch für den Kachelofen im Wohnzimmer, hackten die sparsamen Eltern im Hof hinter dem Haus selber, denn große Holzstumpen waren billiger als fertige Scheite. Im Kohlenkeller lagerten Briketts für das ganze Jahr.

Lieblingsspielzeug
Kaufmannsladen

Tante Emma hat fast alles

Die ersten Ausfahrten im Kinderwagen verband die Mutter oft mit Einkäufen. Lebensmittel für den täglichen Bedarf holte sie gleich um die Ecke, beim Bäcker, beim Fleischer und beim Kramer, der das Wort „Gemischtwaren“ oder „Kolonialwaren“ im Firmenschild führte. Es stand für Kaffee, Kakao, Tee und Gewürze. Zucker, Mehl und Salz, Teigwaren und Hülsenfrüchte lagerten lose in Säcken und hölzernen Schubfächern. Sie wurden den Kunden in der gewünschten Menge ausgewogen. Außer Lebens- und Genussmitteln bekam man im Kolonialwarenladen noch viele andere Dinge: Bleistifte, Schulhefte und Briefumschläge, Nähnadeln und Reißzwecken, Seife, Zahnpasta und Rasierklingen, Zigaretten und Bonbons, kurz, fast alles für den täglichen Bedarf. Größere Bedarfsgüter wie Küchengeräte, Eisenwaren, Werkzeug, Kleidung und Schuhe kaufte man in einem der vielen Spezialgeschäfte. In den Großstädten eröffneten immer mehr Warenhäuser sowie auch in kleineren Orten die ersten Reformhäuser und „Spanischen Gärten“ mit verschiedenen Südfrüchten. Ebenfalls neu war die Konsumgenossenschaft, die Einzelhändlern und Verbrauchern günstige Einkaufsmöglichkeiten bot.

Am Waschtag herrscht Hochbetrieb

Zu den ganz frühen Kindheitserinnerungen zählt die „große Wäsche“, der Tag, an dem die Mutter die Wäsche für alle Familienmitglieder und den Haushalt wusch, stets mehrere Körbe voll. An den Waschtagen fand Mutter kaum Zeit zum Kochen, deshalb gab es nur ein schnelles Eintopfgericht oder Ähnliches. Die Wohnhäuser in der Stadt hatten im Keller oder in einem Rückgebäude eine Waschküche, die von den Mietern abwechselnd benutzt werden konnte. Meist war sie von früh bis spät von Wasserdampf erfüllt.

Vater hackt Brennholz für den Küchenherd

In einem großen Kessel über der Feuerstelle kochte die Wäsche, Korb um Korb. Danach kam sie in einen Holzbottich, wo sie die Mutter mit Waschbrett und Kernseife so lange bearbeitete, bis sie tadellos sauber war. Dann wurde sie ausgewrungen. In besseren Waschküchen gab es dafür schon eine Mangel, die mit einer Handkurbel zu betätigen war. Zum Trocknen wurde die Wäsche auf dem Rasen ausgebreitet und im Hof an langen Leinen zwischen jeweils zwei Pfählen, im Winter auf dem Dachboden, aufgehängt. In den Tagen danach musste die Mutter viele Stunden am Bügelbrett stehen. Pflegeleichte Kleidung kannte man noch nicht.

Die Rekordfahrt der Bremen

Am 16. Juli 1929 erringt der Schnelldampfer Bremen der Reederei Norddeutscher Lloyd auf der Jungfernfahrt von Bremerhaven nach New York das „Blaue Band" für die schnellste Überquerung des Atlantiks, in vier Tagen, 17 Stunden und 42 Minuten. Die ein Jahr zuvor mit dem Schwesterschiff Europa bei Blohm und Voss in Hamburg vom Stapel gelaufene Bremen erreicht eine Durchschnittsgeschwindigkeit von 27,83 Knoten pro Stunde. Der Rekord hat symbolische Bedeutung für den wirtschaftlichen Wiederaufstieg Deutschlands nach dem Ersten Weltkrieg.

Die beiden Schnelldampfer von je 55 000 Tonnen gelten als Gütesiegel für den deutschen Schiffbau. Sie sind 286 Meter lang, haben elf Decks, 1000 Personen Besatzung und Platz für je 2228 Passagiere. Zu Beginn des Zweiten Weltkrieges 1939 kann sich die Bremen, die gerade in New York liegt, mit einem grauen Tarnanstrich, gelöschten Lichtern und mehreren Ausweichmanövern nach Bremerhaven durchschlagen. Dort dient sie als Wohnschiff der Kriegsmarine. 1941 wird sie durch Brandstiftung so schwer beschädigt, dass sie verschrottet werden muss.

Hoch zu Ross auf dem Schaukelpferd

Das Eisbärenfell als Statussymbol

Für so manchen von uns neuen Erdenbürgern hielten die stolzen Eltern ein Statussymbol bereit, über das Tierschützer heutzutage wohl entsetzt wären: ein echtes Eisbärenfell. Auf so einer kuscheligen und dekorativen Unterlage fühlte sich der Sprössling nicht nur wohl, er kam auch schön zur Geltung, was zum Beispiel bei Fotos für die liebe Verwandtschaft Eindruck hinterließ. Später, bei den Zwei- und Dreijährigen lag dann oft das Glück der Erde auf einem hölzernen Schaukelpferd. War schon das Verlassen des Laufstalls zwecks Erkundung der Umwelt stets mit freudigem Quietschen quittiert worden, so war die Vorstellung, hoch zu Ross daherzukommen, ein noch größeres Vergnügen. Das Eisbärenfell zählte wie der Opossumkragen am Wintermantel des Vaters und der Fuchs um die Schulter der Mutter zu den wenigen Luxusgütern, die sich eine Mittelstandsfamilie damals leisten konnte.

Erster Ausritt auf dem Schaukelpferd

Nazis wollen keine „Negerpuppen“

Das meiste Spielzeug war aus Holz, es sah schön aus, war gar nicht teuer und beflügelte die Phantasie. Frühzeitig wurden wir auf unsere Geschlechterrollen festgelegt, was man auch kritisch sehen kann. Schon als ganz kleine Buben übten wir mit Blechtrommel und Holzgewehr das Marschieren im

Negerpuppe: von Kindern geliebt, von Nazis verteufelt

Auch der Teddybär galt Eiferern als „entartet“

Gleichschritt, die Mädchen fühlten sich bald als „Puppenmuttis“. Viele Puppen waren noch aus Stoff, andere schon aus dem neuen Kunststoff Zelluloid. Natürlich gehörten auch ein Puppenwagen, eine Puppenküche, womöglich ein ganzes Puppenhaus dazu. Eine Neuheit, die schnell Liebhaberinnen fand, waren die „Negerpuppen“. Die Nazis in ihrem Rassenwahn verteufelten sie zwar als „minderwertig“, aber auszurotten waren sie nicht. Ebenso erfolglos blieben Versuche, uns Kindern und den Eltern Figuren wie den Teddybären, die Mickey Mouse und den Osterhasen als „kitschig“ und „entartet“ auszureden.

Freund Harvey

Ferien auf dem Bauernhof

Pferde und Kühe, Schafe und Ziegen, Schweine und Hühner, überhaupt alle Arten von Haustieren waren uns Stadtkindern nicht nur aus Bilderbüchern vertraut, sondern auch in natura von vielen Besuchen auf dem Land. Im Dorf der Großmutter war ein großes weißes Kaninchen unser liebster Spielgefährte. Noch Jahrzehnte später erschien es mir manchmal im Traum, wie „Mein Freund Harvey“ im gleichnamigen Film. Der Urlaub auf dem Bauernhof, heute eher die Ausnahme, war damals bei Familien mit Kindern fast die Regel, denn auch für die Ferien galt das Gebot der Sparsamkeit. Die Devise hieß: Bleibe im Lande und nähre dich redlich. Auch die meisten Stadtbewohner ohne Kinder fuhren im Sommer für zwei oder drei Wochen aufs Land. Man übernachtete in Gasthöfen, kleinen Frühstückspensionen oder einem der vielen Privatzimmer, mit denen sich die Dorfbevölkerung ein Zubrot verdiente. Man buchte direkt beim Vermieter anhand von Zeitungsinseraten oder auf Empfehlung von Freunden und Bekannten. Die Anreise erfolgte mit der Eisenbahn oder dem Postautobus. An den Haltestellen und Bahnstationen warteten schon die Gastgeber mit Handkarren und Pferdewagen auf die Gäste und deren Gepäck.

Vom **Kindergarten** zur **Volksschule**

Pferdefuhrwerke gehörten zum Alltag

Der Jauchewagen kommt

Obwohl die Zahl der Kraftfahrzeuge in den 1930er-Jahren vor allem in den Großstädten schnell zunahm, spielte das Pferd als Zugtier im täglichen Leben immer noch eine wichtige Rolle. Die Bauern brauchten es vor allem zum Pflügen und in der Erntezeit, denn es gab erst wenige Traktoren. Wir Stadtkinder freuten uns stets aufs Neue, wenn der Milchmann, die Müllabfuhr oder der Kohlenhändler mit dem Fuhrwerk anrückte und die braven Rösser aus den Händen von Anwohnern ein paar wohl verdiente Zuckerstückchen entgegennehmen durften. Die Brauereien lieferten mit

Pferdegespannen Getränke und lange Eisblöcke zum Kühlhalten von Lebensmitteln frei Haus. Elektrische Kühlschränke für den privaten Haushalt gab es kaum. In vielen Orten waren von Pferden gezogene Jauchewagen bei der Abwasserentsorgung eingesetzt. In Abständen von einigen Wochen fuhren Arbeiter von Straße zu Straße, um die Kanaldeckel zu öffnen und mit Hilfe von Schläuchen und Pumpen die stinkende braune Brühe in den Kessel des Jauchewagens zu befördern. Jeder, der vorbeikam, hielt sich die Nase zu und die Bewohner der umliegenden Häuser schlossen schnell die Fenster. Wir Kinder aber schauten den Arbeitern immer wieder gerne zu.

„Hitlers kleinste Kämpfer“

Nachdem Adolf Hitler am 30. Januar 1933 Reichskanzler geworden war, streckten die braunen Machthaber ihre Hände nach allem und jedem aus. Sogar uns Vier- und Fünfjährige wollten sie in den Griff bekommen. Zwar nahmen immer noch die Märchenfiguren der Gebrüder Grimm und der Struwwelpeter, Kasperles Sieg über den Teufel und das Krokodil, Krippenspiele und die verschiedenen Kostüme für den Kinderfasching unsere Vorstellungskraft in Anspruch. Daneben aber

Chronik

10. April 1932
Wiederwahl Paul v. Hindenburgs zum Reichspräsidenten.

1. Juni 1932
Franz von Papen wird Reichskanzler.

31. Juli 1932
Neuwahl des Reichstags: Die Sitze der NSDAP steigen von 107 auf 230 (37,4 % der Stimmen).

17. November 1932
General Heinrich von Schleicher wird Reichskanzler.

30. Januar 1933
Adolf Hitler wird Reichskanzler.

5. März 1933
Reichstagswahlen: Die NSDAP erhält 44 % der Stimmen.

23. März 1933
Der Reichstag beschließt das Ermächtigungsgesetz, es ist der Beginn der totalen Machtübernahme durch die Nazis.

1. April 1933
Boykott jüdischer Geschäfte und Einrichtungen in Deutschland.

18. August 1933
Der „Volksempfänger“ ist die Sensation der Berliner Funkausstellung. Bis Jahresende werden 860 000 solcher Radiogeräte als wirkungsvollstes Propagandainstrument der Nazis verkauft.

Mitte Februar 1934
Bewaffnete Auseinandersetzungen zwischen Sozialdemokraten und Militär in Wien und Linz fordern 297 Tote und 802 Verwundete. Die Folge: Verbot der SPÖ und der freien Gewerkschaften.

21. März 1934
15 000 Arbeiter beginnen mit dem Bau der ersten 1500 Kilometer Reichsautobahn. Der erste Abschnitt zwischen Frankfurt und Darmstadt wird im Mai 1935 eingeweiht.

2. August 1934
Tod von Reichspräsident Paul von Hindenburg. „Führer“ und Reichskanzler Adolf Hitler wird auch Staatsoberhaupt.

mussten wir schon im Kindergarten nach der Trillerpfeife und den militärischen Kommandos der Erzieherinnen das Strammstehen lernen, Hände an der Hosennaht, das Marschieren im Gleichschritt und das Singen neuer Lieder. Eines begann mit der Zeile: „Wir sind Hitlers kleinste Kämpfer ...“. In einem Gedicht hieß es: „Und sind wir auch noch jung und klein, auch uns willst du Freund und Führer sein. Drum rufen wir auch alleweil: Wir lieben dich, Heil Hitler! Heil!“ Vor dem Essen wurde ein Gebet gesprochen: „Händchen falten, Köpfchen senken und an Adolf Hitler denken, der uns gibt das täglich Brot und uns führt aus aller Not.“

Demokratie am Ende

Am 20. Juli 1932 kommt es in Preußen zum Staatsstreich von oben: Reichskanzler Franz von Papen setzt durch Notverordnung die Landesregierung des Sozialdemokraten Otto Braun ab und lässt sich vom Reichspräsidenten Paul von Hindenburg zum Reichskommissar für Preußen bestellen. Alle Landesminister werden entlassen, über Berlin und Brandenburg wird der Ausnahmezustand verhängt. Das Militär erhält die vollziehende Gewalt.

Der Reichstagswahl vom 31. Juli 1932 gehen blutige Straßenschlachten zwischen Nationalsozialisten und Kommunisten voraus. Mit 37,4 Prozent der Stimmen wird die NSDAP zur eindeutig stärksten politischen Kraft in Deutschland. Daneben verfügen nur noch die SPD (21,6 %), die KPD (14,6 %), die Zentrumspartei (12,5 %) und die Deutschnationale Volkspartei (5,9 %) über einigen Einfluss.

Antreten zum Fähnchenschwenken

Immer gab es irgendeinen Anlass, bei dem wir als „Hitlers kleinste Kämpfer" antreten mussten, um Hakenkreuzfähnchen zu schwenken, die rechten Ärmchen hochzureißen zum „deutschen Gruß“ und mit unseren dünnen Stimmchen in Heilrufe auszubrechen, ob an Führers Geburtstag, zum Erntedankfest, bei der Einweihung einer neuen Schule, eines Sportplatzes oder eines Jugendheimes. Dabei lernten wir auch, den „Goldfasanen“, wie der Volksmund die allgegenwärtigen Partei- und SA-Führer wegen ihrer braunen Uniformen mit den vielen funkelnden Litzen und Orden nannte, Respekt zu zollen. Manche Eltern scheuten sich nicht, ihre Buben, kaum dass sie laufen konnten, in selbst geschneiderte kleine SA-Uniformen zu stecken und mit ihnen den Stechschritt zu üben. So marschierten sie dann stolz den braunen Kolonnen voran. Das Teuflische war, dass wir durch den kindlichen Spaß, den wir bei solchem Treiben hatten, den Nazis immer mehr auf den Leim gingen und vom Hitlerkult bis 1945 nicht mehr loskamen. Ein Flüsterwitz machte die Runde: Die NS-Organisation wird weiter ausgebaut. Nach der SA und SS, der Hitler-Jugend, dem Jungvolk und den NS-Kindergärten werden auch die Säuglinge organisiert. Sie bekommen braune Windeln und den Namen „AA-Leute“.

Einer von „Hitlers kleinsten Kämpfern“

Das Sandmännchen stürmt und jubelt

Die Parteizeitschrift „Illustrierter Beobachter“ vom April 1933 enthielt zwei Bildseiten mit der Überschrift „Das neue Spiel: SA räumt Liebknechthaus“. Den Text dazu las die Kindergartentante vor: „In dem Hof eines Wohnhauses herrscht großer Lärm. Die Jugend der einzelnen Mietparteien tobt sich im frisch-fröhlichen Spiel aus. Die Kinder haben zwei Mark vierzig gesammelt, um notwendige Requisiten anzuschaffen. In der Mitte des Hofes wird ein (nationalsozialistisches) ‚Braunes Haus‘ errichtet. Material sind Stöcke und Tücher.

In der Mitte des Zeltes hängt das Bild Adolf Hitlers. Die fünf- bis zwölfjährigen Jungen haben alles aus eigenem Antrieb ausgeheckt und gekauft. Der glückliche Besitzer einer Trommel wurde zum Führer erhoben. Es wird exerziert, gestürmt und gesungen. Oft geht es sehr heiß her, wenn z. B. die Erstürmung des aus alten Mülleimern bestehenden (kommunistischen) Karl-Liebknecht-Hauses erfolgt, dessen Durchsuchung vorgenommen wird und die gefangenen Kommunisten ins Konzentrationslager transportiert werden. Am Abend ruft die Mutter zur Suppe. In die stillen Träume der kleinen Schläfer schleicht dann das Sandmännchen, trommelt und wirbelt, singt, stürmt und jubelt im Sieg. Die Jugend hat wieder eine Zukunft ..."

Scheiterhaufen für Bücher

Am 10. Mai 1933 errichten Nazi-Studenten in Berlin, München und anderen Städten große Scheiterhaufen, um johlend die Bücher missliebiger Autoren zu verbrennen. Auf ihrem Weg zur geistigen Gleichschaltung aller Deutschen gehen die Nationalsozialisten gegen Andersdenkende von Jahr zu Jahr rigoroser vor. Viele hervorragende, in der ganzen Welt berühmte Wissenschaftler, Künstler und Schriftsteller werden geächtet und verfolgt, unter ihnen Alfred Döblin, Ricarda Huch, Georg Kaiser, Bernhard Kellermann, Heinrich und Thomas Mann, René Schickele, Fritz von Unruh, Jakob Wassermann und Franz Werfel. Sie und andere werden aus der Preußischen Akademie für Dichtung ausgeschlossen, ihre Werke aus öffentlichen Bibliotheken verbannt, ebenso wie die Bücher von Max Brod, Lion Feuchtwanger, Walter Hasenclever, Erich Kästner, Egon Erwin Kisch, Arthur Schnitzler, Kurt Tucholsky, Arnold und Stefan Zweig. Der Börsenverein Deutscher Buchhändler erklärt diese Literatur für „undeutsch" und fordert seine Mitglieder auf, die Bücher nicht mehr zu verkaufen. Fast alle folgen der Aufforderung.

Ferienfreuden am Ostseestrand

Urlaubsfreuden zwischen Ostsee und Alpen

Zu den beliebtesten Urlaubszielen unserer Kindheit zählten die Strände an der Nord- und Ostsee, der Harz, der Thüringer Wald, die sächsischen und böhmischen Mittelgebirge sowie die bayerischen und österreichischen Alpen. Nur wenige Familien reisten mit dem Auto an, fast alle mit der Bahn. An der Ostsee im Wasser planschen, Ausflugsdampfern zuwinken, vor den hohen Wellen flüchten, Muschelschalen sammeln, Sandburgen bauen, da waren wir Kinder in unserem Element. Am Strand von Usedom erschraken wir jeden Morgen aufs Neue, wenn wenige Meter über den Köpfen ein Wasserflugzeug mit lärmendem Motor zur Landung ansetzte. Es brachte die neuesten Zeitungen aus Berlin nach Bansin und in die anderen Badeorte der Insel.

Nur sehr Wohlhabende konnten sich eine Fernreise leisten, etwa mit dem Orient-Express nach Istanbul und weiter ins Heilige Land und zu den Pyramiden, oder eine Schiffsreise nach Amerika, Südafrika oder Indien. Erst mit den Kreuzfahrtschiffen der NS-Organisation „Kraft durch Freude", die ab 1934 nach Madeira, nach Nordafrika und ans Nordkap fuhren, wurden Fernreisen auch für Millionen von Normalbürgern erschwinglich. Ferienflugreisen gab es noch nicht. Wer das Glück hatte, in der Nähe eines Mittelgebirges oder der Alpen zu leben, der fuhr an fast jedem Wochenende mit den Eltern hinaus in die Berge, im Sommer zum Wandern, im Winter zum Rodeln und Skilaufen. Schon als Fünfjährige standen wir auf kleinen Brettern, den so genannten „Schneerutschern".

Reiseziel Thüringer Wald

Die ungeliebte Bleyle-Hose

Nicht alles, was uns Kindern zum Anziehen verpasst wurde, empfanden wir als so schön und so gut, wie es gemeint war. Das zeigte sich besonders in der kalten Jahreszeit. Da mussten wir oft gegen unseren Widerstand Unterhemden mit langen Ärmeln tragen und lange Unterhosen, über die auch noch lange Wollstrümpfe gezogen wurden, die an den Füßen fürchterlich kratzten. An einem Leibchen, das am Rücken zugeknüpft wurde, waren als Strumpfhalter Gummibänder mit Schnallen aus Metall befestigt. So wurde das Ankleiden jeden Morgen zu einer qualvollen Prozedur.

Wahre Albträume bereiteten vielen von uns die Kinder-Anzüge der Firma Bleyle, eine modische und teure Feinstrickware. Die Eltern sahen darin die ideale Sonntagskleidung, wir aber mochten vor allem die kurzen Bleyle-Hosen überhaupt nicht. Sie lagen ungewohnt eng am Körper an, so eng, dass sich der Körperteil hinter dem Hosenschlitz ein wenig abzeichnete. Das würde uns, so fürchteten wir, in den Augen anderer lächerlich machen, womöglich sogar Blicke gleichaltriger Mädchen auf uns ziehen – eine ganz grauenhafte Vorstellung! Jedenfalls war uns im Bleyle-Anzug der schönste Sonntagsspaziergang verdorben.

„Genickschussbremse" für das Heimchen am Herd

Viele Frauen und Mütter verehren den „Führer" wie einen Heiligen und treten der „Deutschen Frauenschaft" bei. Sie tun gehorsam, was die Reichsfrauenführerin Scholtz-Klink und ihre Helferinnen propagieren: Die deutsche Frau benutzt keinen Lippenstift, sie schminkt sich nicht, sie raucht nicht, trägt keine Stöckelschuhe und bedeckt ihre Beine mit einem Rock bis zum Knie. Sie trägt als Spätgermanin lange blonde Zöpfe, auch die „Gretchenfrisur" wird bei den Nazis gern gesehen. Andere binden sich die Haare wie die Reichsfrauenführerin am Hinterkopf zu einem Knoten, boshaft „Genickschussbremse" genannt. Die Frau sollte „Heimchen am Herd" sein, keusch und züchtig, aber dennoch dem „Führer" möglichst viele Kinder schenken. Dafür bekommt sie zur Belohnung das Mutterkreuz, ein Halsorden in Bronze ab dem vierten Kind, in Silber ab dem sechsten und in Gold ab dem achten Kind. Wer abtreibt, wird bestraft. Allein 1934 gibt es 7000 solche Verfahren.

Von der Volksschule zum Gymnasium

1935–1968

Abc-Schützen rücken ein

Selten wohl passte die Bezeichnung „Abc-Schützen“ für Schulanfänger besser als 1935. In diesem Jahr nämlich wurde in Deutschland die allgemeine Wehrpflicht wieder eingeführt, und die Militarisierung des ganzen Volkes schlug sich bald auch im Unterricht nieder. Am ersten Schultag aber war natürlich nichts so wichtig wie Größe und Inhalt der Zuckertüte. Im Klassenzimmer saßen jeweils zwei Kinder auf einer engen, harten Holzbank, an der ein Schreibpult angebracht war mit einer Öffnung zur Aufnahme des Tintenfasses. Das brauchten wir aber erst vom zweiten Schuljahr an. Schreiben lernten wir mit dem Griffel und einer kleinen Schiefertafel. Die große Wandtafel hing vorn neben dem Lehrerpult, daneben ein Kruzifix und das unvermeidliche Hitlerbild. Schon nach drei Monaten Unterricht fingen Ende Juli die großen Ferien an,

Chronik

13. Januar 1935
Rückkehr des Saarlandes in das Deutsche Reich.

16. März 1935
Wiedereinführung der allgemeinen Wehrpflicht.

15. September 1935
Erlass der „Nürnberger Gesetze“ zur Ächtung der Juden.

3. Oktober 1935
Beginn der Eroberung des Kaiserreichs Äthiopien durch das faschistische Italien (Kämpfe bis April 1936).

6. – 16. Februar 1936
Die Olympischen Winterspiele finden in Garmisch-Partenkirchen statt.

18. Juli 1936
Bürgerkrieg in Spanien mit deutscher und italienischer Beteiligung (bis 1939).

1. – 16. August 1936
Die Olympischen Sommerspiele finden in Berlin statt.

30. Januar 1937
Ein Erlass Hitlers verbietet jedem Deutschen die Annahme eines Nobelpreises.

26. April 1937
Deutsche Bombenflugzeuge der „Legion Condor“ zerstören im Spanischen Bürgerkrieg das Dorf Guernica.

August 1937
Die SS nimmt das KZ Buchenwald in Betrieb.

12. März 1938
Anschluss Österreichs an das Deutsche Reich.

29. September 1938
Münchner Abkommen: Die Regierungen in Berlin, London, Paris und Rom zwingen die Tschechoslowakei zur Abtretung des Sudetenlandes an das Deutsche Reich.

22. Dezember 1938
Otto Hahn gibt in Berlin das Gelingen der ersten Atomspaltung der Geschichte bekannt.

Enge Holzbänke und strenge Lehrer

denn die neuen Schuljahre begannen damals nach den Osterferien. Anfangs gingen wir noch nach Konfessionen getrennt in eine katholische oder evangelische Volksschule, wie die Grundschule hieß. Erst ab 1937/38 wurden nach und nach Gemeinschaftsschulen eingeführt, in streng katholischen Gegenden oft unter Protest der Bevölkerung.

Wenn der Lehrer nach dem letzten Klingelzeichen das Klassenzimmer betrat, mussten alle aufspringen und aus voller Kehle rufen: „Heil Hitler, Herr Lehrer!“ Gleich nach der Machtübernahme durch die Nazis war per Gesetz an den Schulen die Prügelstrafe wieder eingeführt worden. Der Rohrstock war unser täglicher Begleiter. Schon für kleine Vergehen wie Schwätzen während des Unterrichts gab es auf die kleinen Hände, die flach ausgestreckt werden mussten, ein paar Hiebe übergezogen. Je älter wir wurden, desto kräftiger und schmerzhafter fielen sie aus.

„Mimi – heil, heil, heil!“

Die NS-Ideologie durchzog den ganzen Schulalltag. Jede Lehrerin und jeder Lehrer war zwangsweise Mitglied im „Nationalsozialistischen Lehrerbund“. Gleich in der ersten Klasse mussten wir Hitlers Lebenslauf auswendig lernen. Für den Unterricht im Lesen und Schreiben gab es eine Fibel, in der zum Beispiel neben den Buchstaben „e“ und „i“ Kinder abgebildet waren, die einem Aufmarsch von SA-Leuten zuschauen. Darunter stand: „Heil heil heil – eile Uwe eile. Hole Mimi – heil heil heil“. In den Lesebüchern ab der zweiten Klasse häuften sich Geschichten über deutsche Heldentaten im Ersten Weltkrieg. Natürlich fanden wir es spannend, etwas über das abenteuerliche Leben des Kampffliegers Baron von Richthofen mit seinem roten Doppeldecker oder Ähnliches zu lesen. Dass damit Kriegsbegeisterung in uns geweckt wurde, darüber dachten wir gar nicht weiter nach. Im Musikunterricht lernten wir neben Volksliedern Soldatenlieder und Lieder der Hitler-Jugend. Jazz galt als „entartet“ und wurde bald verboten. Die Parteizeitung „Völkischer Beobachter” schrieb im Oktober 1935: „Von heute ab ist der Niggerjazz im Deutschen Rundfunk ausgeschaltet.“

Aus einem Schulbuch für Abc-Schützen

Erziehung zum Antisemitismus

Der Biologie-Lehrer wies auf die Vorzüge der „arischen Herrenrasse“ hin, auf die Schönheit nordischer Langschädel und gerader Nasen gegenüber „Negerfratzen“ und „jüdischen Krummnasen“. Juden, Neger und Zigeuner galten als „Fremdkörper“ und „Untermenschen“, geistig Behinderte wurden als „unwertes Leben“ deklariert. In einer Rechenaufgabe hieß es: „Der Bau einer Irrenanstalt kostet 6 Millionen Reichsmark. Wie viele Siedlungshäuser zu je 15 000 Reichsmark hätte man dafür bauen können?“ Die Deutschen, lernten wir in der Schule, seien ein „Volk ohne Raum“, deshalb habe der Führer recht, wenn er nicht nur Österreich, das Sudetenland und alle anderen von Deutschen besiedelten Gebiete „heim ins Reich“ holen, sondern auch neuen „Lebensraum“ weiter im Osten schaffen und dazu die früheren deutschen Kolonien in Afrika zurückhaben möchte. Mit so genannten Nagelbildern wurde in den Schulen für den VdA, den Volksbund der Auslandsdeutschen, Geld gesammelt. Dabei mussten mit dem Hammer Nägel in Holzplatten mit vorgezeichneten Nazi-Emblemen geschlagen werden, ein Nagel kostete zehn Pfennige.

Der Rektor hält flammende Reden

Am Anfang und am Ende eines jeden Schuljahres mussten die Klassen in militärischer Formation antreten und ein Quadrat um den Mast mit der Hakenkreuzfahne bilden. Dann sangen alle mit erhobenem rechten Arm die beiden Teile der Nationalhymne, also die ersten Strophen des Deutschland-Liedes und des Horst-Wessel-Liedes, das an einen in Berlin ermordeten SA-Führer erinnerte. Zum Staatsfeiertag am 30. Januar, dem Tag von Hitlers Machtergreifung 1933, und bei den jährlichen Feiern zum „Führergeburtstag“ am 20. April hielt der Rektor vor allen Lehrerinnen und Lehrern, Schülerinnen und Schülern eine flammende Rede. Ab 1935 fand jedes Jahr ein „Tag der Wehrmacht“ statt, an dem wir Schüler die Soldaten in den Kasernen besuchten. Wir durften mit ihren Waffen spielen und mit ihnen Erbensuppe aus der Gulaschkanone essen.

Rollschuhe mit Gummirädern

Sport nahm in den Schulen eine herausragende Stellung ein. Jede Woche hatten wir mehrere Stunden Unterricht in der Turnhalle oder im Freien, es gab alle Arten von Ballspielen und immer wieder Wettbewerbe im Laufen, Springen, Werfen und Schwimmen. 1936, im Jahr der Olympischen Spiele von Berlin, nahmen solche

Für die Fortbewegung: Tretroller aus Holz

Aktivitäten noch zu. Auch außerhalb der Schule fehlte es uns nicht an körperlicher Betätigung. Fast jeder besaß einen Tretroller, die Kleineren ein Dreirad, wir Größeren ein Kinderfahrrad, und bei Jungen wie Mädchen sehr beliebt waren Rollschuhe. Mit den neuesten Modellen war man besonders schnell, denn sie hatten statt der herkömmlichen vier Laufräder nur noch drei mit Gummibereifung. Im Winter kamen dann wieder die Schlittschuhe zu ihrem Recht.

Olympische Spiele 1936

Bei den Wettkämpfen der Olympischen Spiele 1936 in Berlin belegt Deutschland in der Medaillen- und in der Punktewertung den ersten Platz vor den USA. Auf deutsche Athleten entfallen 33 Gold-, 26 Silber- und 30 Bronzemedaillen, auf die USA 24 Gold-, 20 Silber- und 12 Bronzemedaillen. Herausragender Sportler unter den 4069 Teilnehmern aus 49 Nationen ist der schwarze Amerikaner Jesse Owens. Er gewinnt innerhalb von sechs Tagen vier Goldmedaillen: im 100- und 200-Meter-Lauf, im Weitsprung und in der 4 x 100-Meter-Staffel. Von den Zuschauern wird er begeistert gefeiert. Von Hitler jedoch bekommt Jesse Owens wegen seiner Hautfarbe, die nicht in das Rassenbild der Nazis passt, keinen Händedruck wie die anderen Sieger.

Zwischen dem 28. Juli und dem 17. August 1936 befördert die Deutsche Reichsbahn vier Millionen Fahrgäste zu den Olympischen Spielen nach Berlin und zurück in die Heimatorte. Sie setzt 2159 Sonderzüge ein. Die Berliner S-Bahn lässt im Tagesdurchschnitt 490 Sonderzüge verkehren und befördert in drei Wochen 29 Millionen Fahrgäste, acht Millionen mehr als sonst.

Werbeplakat für die Olympischen Spiele 1936 in Berlin

Hinterhof-Olympiade

Die Olympischen Spiele, vor allem die Erfolge der deutschen Sportler, übten auf uns einen ungeheuren Reiz aus. Fiebernd vor Spannung verfolgten wir am Radio die einzelnen Wettkämpfe und Siegerehrungen. In der Kino-Wochenschau und einige Monate später in den beiden Olympia-Filmen von Leni Riefenstahl erlebten wir die Sportereignisse in bewegten Bildern noch einmal voller Begeisterung mit. Hinter dem Mietshaus, in dem wir wohnten, gab es einen Hof mit einem kleinen Rasenstück. Dort spielten wir Kinder „Olympiade". Wir legten uns rings um die Wiese eine Art Aschenbahn an, um Laufwettbewerbe austragen zu können. Es gab eine mit Sand gefüllte Grube für Weitsprünge, zwischen zwei Wäschepfählen war die Latte für den Hochsprung befestigt. Zum Speerwerfen diente ein Besenstiel, zum Kugelstoßen ein großer runder Stein. Diese beiden „Sportgeräte" allerdings landeten nicht selten in Nachbars Garten. Er hatte Verständnis für uns.

Die ersten Volkswagen

Im Oktober 1936 verlassen die ersten drei von Ferdinand Porsche konstruierten Volkswagen die Werkstatt-Garage in Stuttgart. Die Idee eines auch für kleinere Geldbeutel erschwinglichen Automobils geht zurück auf den Amerikaner Henry Ford, der 1922 seine Gedanken zur „Volksmotorisierung" in Buchform veröffentlicht hat. Hitler übernimmt sie in sein Programm. Er beauftragt Porsche im September 1933 mit der Entwicklung des Volkswagens. Bedingung ist, dass er nicht mehr als 1000 Reichsmark kostet. Drei Jahre später liefert Porsche das „Wunder auf Bestellung" ab: ein vollwertiges Auto für 990 Mark. Der VW wird „Kraft-durch-Freude-Wagen" genannt, bleibt aber zunächst ein Propagandaschlager der Nazis. Das Werk in Wolfsburg produziert Kübelwagen für den Kriegseinsatz der Wehrmacht.

Ausschneidebögen und Laubsägearbeiten

Wenn die Schulaufgaben gemacht waren, wurde oft gelesen und gebastelt, allein oder mit Freunden. Da gab es die vielen bunten Ausschneidebögen aus Karton, aus denen sich mit Schere und Klebstoff herrliche Dinge anfertigen ließen: ganze Bauernhöfe, zoologische

Idealfigur der Mädchen: die Puppenmutti

Kein Spielwarenkatalog ohne Kriegsspielzeug

Gärten und Weihnachtskrippen. Die Geübteren griffen zu Modellbögen für Autos, Schiffe und Flugzeuge. Sehr beliebt waren Laubsägearbeiten. So entstanden mit anschließender Bemalung immer neue Wandbilder, Untersetzer, Kerzenhalter und dergleichen, mit denen wir die vielköpfige Verwandtschaft zu beglücken versuchten.

Die Mädchen häkelten oder spielten mit ihren Puppen, Puppenküchen und Puppenhäusern. In einer Zeit ohne Fernseher und ohne Computerspiele zählten der Kaufmannsladen, die Kinderpost und Zauberkunststücke noch zu den beliebtesten Freizeitbeschäftigungen. Abends und am Wochenende vergnügte sich die ganze Familie oft gemeinsam bei Gesellschaftsspielen mit Klassikern wie „Mensch ärgere dich nicht!" und „Schwarzer Peter" oder einem der vielen anderen Quartett- und Würfelspiele.

Mit Hadschi Halef Omar durch die Wüste

Je besser es in der Schule mit dem Lesen voranging, desto mehr spannende Bücher wurden verschlungen, oft bis tief in die Nacht hinein, heimlich mit Taschenlampe unter der Bettdecke. Zunächst waren es Wilhelm Buschs lustige Bildergeschichten, die Legenden vom Waldgeist Rübezahl, Till Eulenspiegels Streiche und die Lügengeschichten des Barons Münchhausen, die uns besonders fesselten, etwas später die aufregenden Erlebnisse von Robinson Crusoe, die Abenteuer von Lederstrumpf und die deutschen Heldensagen.

Etwa ab dem zehnten Lebensjahr wurde Karl May zum unbestrittenen Lieblingsschriftsteller der Jugend. Viele kannten und besaßen mehr als fünfzig Bücher von ihm. Wir zogen mit Winnetou durch den Wilden Westen, mit Hadschi Halef Omar durch die Wüste und mit der Sklavenkarawane durch den Sudan, von Bagdad nach Stambul, durchs wilde Kurdistan und zum Rio de la Plata. Die Welt öffnete sich uns in den Büchern von Karl May, eine Welt voller Abenteuer. Und es stimmte ja auch: Die wahren Abenteuer sind im Kopf.

Leider aber standen in unseren Bücherregalen auch einige der damals reichlich vorhandenen, im Sinne des NS-Regimes propagandistisch eingefärbten Kinder- und Jugendbücher mit militaristischen und antisemitischen Inhalten.

Die böhmische Verwandtschaft

Als Bewohner der sächsischen Seite des Grenzlandes erlebten wir hautnah, wie zum ersten Mal seit über zwanzig Jahren wieder Kriegsgefahr in der Luft lag. Fast alle unsere Verwandten lebten nur wenige Kilometer entfernt drüben in Böhmen. Bisher hatten wir uns alle paar Wochen gegenseitig besucht. Jetzt standen plötzlich Tanten und Cousinen als Flüchtlinge vor unserer Wohnungstür. Wie sie flüchteten zehntausende Sudetendeutsche aus Furcht vor tschechischen Übergriffen über die Grenze. Am 29. September 1938 gab es auf deutscher Seite ein großes Aufatmen: In letzter Minute hatten die Regierungschefs der vier Großmächte Deutschland, England, Frankreich und Italien in München über die Köpfe der Prager Regierung hinweg die Abtrennung des Sudetenlandes von der Tschechoslowakei vereinbart. Wieder hatte Hitler durch Erpressung eines seiner Ziele erreicht. Und wieder wurde er dafür von fast allen Deutschen bewundert und gefeiert.

Bei den Sudetendeutschen herrschte jetzt der gleiche Jubel wie ein halbes Jahr vorher bei den Österreichern. Die Soldaten wurden mit Blumen überhäuft. Jedes Dorf war geschmückt mit Hakenkreuzfahnen, auf Transparenten stand „Wir danken unserem Führer!“ Viele Deutsche weinten aus Freude. Doch vor einigen Häusern standen Tschechinnen und Tschechen, die weinten aus Wut und aus Schmerz, denn sie mussten ihre Heimat nun verlassen. Am 3. Oktober 1938 hielt Hitler triumphalen Einzug in seinen neuen „Sudetengau“.

„Reichskristallnacht“

Anfang 1938 werden die Juden in Deutschland durch Verwaltungsanordnungen aus dem öffentlichen Leben verbannt. Aus Rache für die Behandlung seiner Eltern durch deutsche Behörden erschießt der 17-jährige Jude Herschel Grünspan am 7. November 1938 in der deutschen Botschaft in Paris den Legationssekretär Ernst vom Rath. Zwei Tage später löst Hitler mit einer Hetzrede in München einen Pogrom aus. In der Nacht des 9. November 1938 gehen überall in Deutschland Schlägertrupps der SA gegen jüdische Familien und deren Besitz vor. Dabei werden 91 Juden getötet, 101 Synagogen und 29 Warenhäuser niedergebrannt, 171 Wohnhäuser und 7500 Geschäfte verwüstet. 35 000 Juden werden verhaftet und in Konzentrationslager gebracht. Der Name „Reichskristallnacht“ bezieht sich auf die Schaufensterscheiben, die in jener Nacht zu Bruch gehen.

Vom **Kind** zum Jugendlichen

Dienst im Jungvolk jeden Mittwoch und Samstag

Neun Millionen Hitler-Jungen

Wir Angehörigen des Jahrgangs 1929 waren als Erste gesetzlich verpflichtet, im Alter zwischen zehn und 18 Jahren der Hitler-Jugend (HJ) oder dem Bund deutscher Mädel (BdM) anzugehören. Vorher war der Beitritt freiwillig gewesen, ein Drittel aller Jugendlichen war dem Ruf gefolgt. Jetzt weigerten sich nur noch wenige und nahmen dafür Schikanen in Kauf, vor allem Jungen und Mädchen aus christlichen Familien und dem antifaschistischen Arbeitermilieu. 1939 hatte die HJ neun Millionen Mitglieder.

Chronik

14./15. März 1939
Aus der Tschechoslowakei wird das „Reichsprotektorat Böhmen und Mähren“, die Slowakei wird unabhängig.

23. August 1939
Nichtangriffspakt zwischen Hitler und Stalin, Beschluss zur Zerschlagung Polens.

1. September 1939
Deutschland überfällt Polen: Der Zweite Weltkrieg beginnt.

8. November 1939
Ein Attentat auf Hitler im Münchner Bürgerbräukeller scheitert, fordert aber sechs Tote.

9. April 1940
Die Wehrmacht besetzt Dänemark und Norwegen.

10. Mai 1940
Deutscher Angriff gegen die Niederlande, Belgien und Frankreich. Waffenstillstand am 22. Juni.

25. Juni 1940
Erlass Hitlers zur baulichen Neugestaltung der Städte Berlin, München, Nürnberg, Hamburg und Linz bis zum Jahr 1950.

31. März 1941
Beginn der Offensive des deutschen Afrikakorps in Libyen.

6. April 1941
Deutsch-italienischer Angriff auf Jugoslawien und Griechenland.

22. Juni 1941
Deutschland überfällt die Sowjetunion. Beginn der Ermordung aller Juden.

11. Dezember 1941
Kriegserklärung Deutschlands und Italiens an die USA.

20. Januar 1942
Auf der Wannsee-Konferenz wird die „Endlösung“ der Judenfrage beschlossen.

3. Juli 1942
Die Offensive des deutschen Afrikakorps bricht vor El Alamein zusammen.

22. November 1942
Die 6. deutsche Armee wird im Kessel von Stalingrad eingeschlossen.

Die Unterorganisationen für die Zehn- bis 14-jährigen waren das Deutsche Jungvolk und der Jungmädelbund. Die Jungen wurden „Pimpfe“ genannt. Beim Eintritt mussten wir schwören: „Jungvolkjungen sind hart, schweigsam und treu“, und wir mussten die „Pimpfenprobe“ ablegen: 60-Meter-Lauf in 12 Sekunden, Weitsprung 2,75 Meter, Schlagballweitwurf 25 Meter. Wir sollten mindestens eines der pathetisch-patriotischen Gedichte des „Reichsjugendführers“ Baldur von Schirach auswendig lernen und das „Lied der Hitler-Jugend“, in dem es heißt, dass die Fahne wertvoller sei als das Leben.

Geländespiele und Schießübungen

Jeden Mittwoch- und Samstagnachmittag trafen wir uns mit der Jungenschaft oder dem ganzen Jungzug für zwei Stunden zum Dienst. Er stand im Zeichen von hartem Drill und blindem Gehorsam. Kampfbereitschaft war gefragt, Brutalität. Der Umgangston war oft grob, für viele ungewohnt. „Zackig“ musste es zugehen, Eigenwilligkeit war verpönt. Beim Exerzieren brüllten die Vorgesetzten militärische Kommandos, und wer nicht spurte, bekam zehn oder zwanzig Liegestütze aufgebrummt. Er wurde überdies vor den anderen als

Jungvolk-Aufmarsch mit Landsknechtstrommeln

„Muttersöhnchen" verspottet, als „Waschlappen" oder „Schlappschwanz", dem „der Arsch bis zur Halskrause aufgerissen" gehört. „Du bist nichts, dein Volk ist alles", bekamen wir eingehämmert. „Hart wie Kruppstahl, zäh wie Leder und flink wie die Windhunde" sollten wir sein, wie Hitler es verlangte. Er wollte, wie er sagte, „eine gewalttätige, heroische, unerschrockene, grausame Jugend … Es darf nichts Schwaches und Zärtliches an ihr sein." So geschult, zogen wir im Gleichschritt mit Fahnen und Wimpeln, Fanfaren und Landsknechtstrommeln als Hitlers Kindersoldaten stolz durch die Stadt.

Es gab auch angenehmere Seiten des Dienstes beim Jungvolk als das stumpfsinnige Exerzieren, zum Beispiel Sportwettbewerbe, Wanderungen und Geländespiele, bei denen wir den Gebrauch von Karte und Kompass übten, was natürlich auch wieder der vormilitärischen Ausbildung diente. Mehr als eine Million Hitlerjungen hatten schon eine Schießausbildung absolviert. Das Abenteuerliche der Soldatenspiele, Fackelzüge, Lagerfeuer, das Gigantische der Aufmärsche und Paraden übten auf uns großen Reiz aus. An Heimabenden

Das Jungvolk inspiziert sein Nachtlager im Stroh

beschäftigten wir uns neben ideologischer Schulung häufig mit Gestalten aus der deutschen Geschichte, die auch in der Schule als Vorbilder gepriesen wurden, allen voran der Germanenfürst Armin der Cherusker, der Preußenkönig Friedrich der Große, die Helden der Befreiungskriege gegen Napoleon und der „Eiserne Kanzler“ Otto von Bismarck.

Kinder sammeln für das Winterhilfswerk

Pimpfe im Dienst der Volksgemeinschaft

Zum „Dienst an der Volksgemeinschaft“ bekamen wir Sammelbüchsen in die Hand gedrückt, mit denen wir klappernd durch Straßen und Lokale zogen, um die Leute zu Spenden für das „Winterhilfswerk“ aufzufordern. Parteibonzen sowie bekannte Schauspielerinnen und Schauspieler beteiligten sich ebenfalls an solchen WHW-Aktionen zu Gunsten von bedürftigen „Volksgenossinnen“ und „Volksgenossen“. Jedes Jahr gab es neue Serien von WHW-Abzeichen zu kaufen. Sie waren vor allem bei Kindern und Jugendlichen beliebte Sammel- und Tauschobjekte, ähnlich wie die Bilder aus Zigarettenschachteln. An den so genannten „Eintopfsonntagen“ war jede Familie aufgefordert, nur ein Eintopfgericht zu essen und die Ersparnis dem Winterhilfswerk zu spenden. Auf öffentlichen Plätzen verteilten Soldaten aus Gulaschkanonen Erbsensuppe, während Pimpfe die Sammelbüchse schwangen.

Höhepunkte der Zeit beim Jungvolk und in der HJ waren in den großen Ferien die zweiwöchigen Zeltlager. In landschaftlich schöner Gegend, meist auf einer Wiese oder einer Waldlichtung, standen die Zelte, in denen wir auf Strohsäcken schliefen, am Kopfende der Tornister mit dem Essgeschirr, wie bei den Soldaten. Zum Kochen diente der „Hordenpott“, ein großer Aluminiumkessel. Jeden Morgen rückten wir aus zum Frühsport, danach war Flaggenappell. Das Beisammensein mit Gleichaltrigen, einmal weit weg von Eltern und Geschwistern, das Leben in der Natur, die nächtliche Lagerfeuer-Romantik, das alles war für uns von großem Reiz. Dass wir damit auch verführt wurden, Verbrechern zu dienen, das ahnten wir nicht.

Pimpfe beim Sommerlager 1939

Ebenso wenig ahnten wir, dass das Sommerlager 1939 unser letztes sein würde vor dem großen Krieg. Nur die Vorzeichen waren uns bekannt: Im März 1939 hatte Hitler mit Hilfe der Wehrmacht die Tschechoslowakei vollends zerschlagen, an ihrer Stelle das „Reichsprotektorat Böhmen und Mähren“ errichtet und den Vasallenstaat Slowakei. Jetzt forderte er von Polen die Rückgabe ehemaliger deutscher Gebiete. „Großdeutschland“ sollte entstehen. Vier Wochen nachdem wir unsere Zelte abgebaut hatten, brach Hitler den Krieg vom Zaun.

Nur der Beginn eines großen Abenteuers?

Der 1. September 1939, ein Freitag, war ein warmer, strahlend schöner Spätsommertag. Zu Tausenden strömten die Menschen ins Grüne, viele verbrachten ihre letzten Urlaubstage in den Bergen oder am Meer. Mitten hinein in die Freizeit- und Ferienstimmung platzten schon früh am Morgen aus allen Radio-Lautsprechern grelle Fanfarenstöße, dröhnende Marschmusik und in kurzen Abständen die fast überschnappende Stimme von Adolf Hitler: „Seit 5 Uhr 45 wird jetzt zurückgeschossen.“ Mit dem deutschen Angriff auf Polen hatte der Zweite Weltkrieg begonnen. Für uns Zehnjährige schien es der Beginn eines großen Abenteuers zu sein. Bei den meisten Erwachsenen war die Kriegsbegeisterung etwas gedämpfter, obwohl auch sie fast alle glaubten, dass der „Führer“ einen raschen Sieg erringen würde. Hatte er nicht in weiser Voraussicht eine Woche vor Kriegsbeginn mit Stalin einen Nichtangriffspakt geschlossen, um Polen leichter in die Knie zwingen zu können und gegenüber Frankreich den Rücken frei zu haben? Und tatsächlich, Polen war nach vier Wochen besiegt. Das Wort „Blitzkrieg“ entstand und war bald in aller Munde. Die Kriegsbegeisterung nahm zu.

Vor Luftangriffen schützte die Verdunkelung kaum

Bezugsscheine und Gasmasken

Die Gespräche der Eltern am Abendbrottisch kreisten nun immer wieder um das Kriegsgeschehen an der Front, aber auch um die Auswirkungen des Krieges auf das tägliche Leben. Für die Fenster mussten schwarze Rollos angeschafft werden, denn zum Schutz vor Luftangriffen war Verdunkelung angeordnet. Kein Lichtschein durfte nachts nach draußen dringen. Auch Fahrradlampen und Autoscheinwerfer mussten bis auf einen schmalen Schlitz abgedunkelt werden. Im November 1939 schränkte der Staat für die Dauer des Krieges den Kauf von Kleidungsstücken ein. Jeder ab dem 14. Lebensjahr bekam eine „Reichskleiderkarte“ mit 100 Punkten, die für einen bestimmten Zeitabschnitt galten. Für einen Herrenanzug musste man 60 Punkte abgeben, für ein Damenkostüm 45. Mäntel, Bett- und Hauswäsche, Berufs- und Arbeitskleidung

Auch die Fahrradlampen mussten abgedunkelt werden

gab es nur noch auf Bezugsschein. Auch Lebensmittel wurden rationiert. Viel Aufsehen erregte die Ausgabe von „Volksgasmasken“ an Erwachsene und Kinder. Sie bestanden aus einer Art Gummibeutel mit zwei runden Sichtscheiben und einem Aluminiumbehälter für Aktivkohle. In einer Kaserne mussten wir die Gasmasken zur Probe über den Kopf ziehen. Soldaten kontrollierten, ob sie auch straff genug saßen. Manche Leute bekamen Angstzustände und wollten sich die Maske wieder vom Gesicht reißen. Erst nach gutem Zureden wagten auch sie schließlich den Gang durch eine Gasschleuse zur Prüfung der Tauglichkeit. Eingesetzt werden mussten die Gasmasken zum Glück nicht.

Viele Väter waren im Krieg, aber 1940 blickten die meisten Deutschen noch hoffnungsvoll in die Zukunft

Vom Höhenrausch erfasst

1940 befand sich Hitler-Deutschland auf dem Gipfel seiner Macht. Fast die ganze Bevölkerung war von einer Art Höhenrausch erfasst. In der Schule und im Elternhaus hörten wir, wie die Erwachsenen über Hitlers Erfolge sprachen und aufzählten, was er seit 1933 alles erreicht hatte: Sechs Millionen Arbeitslose in Lohn und Brot gebracht, die Entmilitarisierung des Rheinlandes beendet, das Saarland heimgeführt ins Reich, die Olympischen Spiele nach Berlin geholt, die Autobahnen gebaut, den Volkswagen forciert, Kraft-durch-Freude-Ferien für jedermann ermöglicht. Österreich und das Sudetenland, das Memelgebiet und Danzig, Eupen und Malmedy, Elsass und Lothringen mit dem Reich vereinigt, Polen, Dänemark und Norwegen, die Niederlande, Belgien und Frankreich besiegt – war Hitler etwa kein Genie? Nur wenige bezweifelten es noch. Daran änderten auch die ersten britischen Luftangriffe auf Hamburg, Bremen, München und Berlin nichts, die einsetzten, nachdem die deutsche Luftwaffe am 17. Juni 1940 den Bombenkrieg gegen England begonnen hatte.

Überfall auf die Sowjetunion

Am 22. Juni 1941 überfallen Hitler und seine Generäle ohne Kriegserklärung die Sowjetunion. Die Vorbereitungen liefen seit dem Sommer 1940. Ziel des Feldzuges ist die Gewinnung von „Lebensraum“. Russland soll dem Deutschen Reich in Zukunft als Lieferant von Rohstoffen und Arbeitskräften sowie als Siedlungsgebiet dienen. Die Rote Armee wird auf breiter Front überrannt. Allein die deutsche Heeresgruppe Mitte verzeichnet schon in den ersten Tagen 324 000 Gefangene sowie über 5000 erbeutete Panzer und Geschütze. Alle gefangenen sowjetischen Polit-Kommissare werden sofort erschossen. Als Verbündete Deutschlands treten Italien, Ungarn, Rumänien und die Slowakei mit eigenen Truppenverbänden in den Krieg gegen die Sowjetunion ein. Auch Spanien entsendet eine Division zum „Kreuzzug gegen den Kommunismus“. Freiwillige aus Frankreich, Belgien, den Niederlanden, Dänemark und Norwegen schließen sich der Waffen-SS an. Ab Oktober 1941 werden Teile der Bevölkerung Moskaus evakuiert. Anfang Dezember stehen die Deutschen dreißig Kilometer vor dem Kreml. Doch sie sind zu erschöpft und dem eisigen Winter nicht gewachsen. Frische sowjetische Divisionen aus Sibirien und Arbeiterbataillone werfen die Deutschen zurück, für immer.

Jagdflieger und U-Boot-Kommandanten als Vorbilder

Fragen nach den Risiken eines Krieges an mehreren Fronten, wie sie ab und zu von Erwachsenen doch zu hören waren, stellten wir Zwölfjährigen nicht. Es ging doch überall voran, auch auf den Kriegsschauplätzen, die 1941 neu dazukamen, in Nordafrika, auf dem Balkan, in der Sowjetunion. In Zeitungen und Zeitschriften, im Radio und im Kino lasen und hörten wir Tag für Tag von den Heldentaten unserer tapferen Soldaten, von draufgängerischen Jagdfliegern und schneidigen U-Boot-Kommandanten, von Ritterkreuzträgern des Afrikakorps und der Gebirgsjäger, der Panzer-Waffe und der Waffen-SS. Sie waren unsere Vorbilder. Fotos von ihnen hingen in Millionen Kinderzimmern. Viele konnten es kaum erwarten, wie sie in den Kampf zu ziehen. Das galt ganz besonders für jene 17 000 Jungen, die als Zehnjährige in ein Internat mit nationalsozialistischer Eliteschule gesteckt worden waren, in eine der vierzig „Nationalpolitischen Erziehungsanstalten“ und „Adolf-Hitler-Schulen“. Von der ganzen Wirklichkeit des Krieges, von seinen Grausamkeiten, von den Schlachtfeldern mit zerfetzten und verstümmelten Menschen, erfuhren wir nichts. Sogar die Todesanzeigen für die Gefallenen sprachen nur von Heldentum und Treue für Führer, Volk und Vaterland.

Der Propagandafilm „Jud Süß"

1940 entsteht auf Anweisung des „Reichsministers für Volksaufklärung und Propaganda" Joseph Goebbels unter der Regie von Veit Harlan der Hetzfilm „Jud Süß". Er prangert den württembergischen „Hofjuden" Süß an, der nach einem zweifelhaften Prozess 1738 hingerichtet worden ist. Die Hauptrollen sind mit so namhaften Schauspielern wie Ferdinand Marian und Werner Krauß besetzt sowie mit Kristina Söderbaum, die der Volksmund wegen früherer Filmrollen „Reichswasserleiche" nennt. Vor den Dreharbeiten besichtigt Veit Harlan das Ghetto in Warschau. Polnische Juden werden als Statisten benutzt. Seine Absichten erklärt Harlan so: „Hier zeige ich das Urjudentum, wie es damals war und wie es sich heute noch ganz rein in dem einstigen Polen erhalten hat. Im Gegensatz zu diesem Urjudentum steht nun der Jud Süß, der elegante Finanzberater des Hofes, der schlaue Politiker, kurz: der getarnte Jude." Der Film entspricht ganz den Erwartungen der NS-Führung. Tatsächlich kommt es nach den Vorstellungen in verschiedenen Städten zu offenen Demonstrationen gegen die Juden.

Ein Ameisenheer von Helferinnen und Helfern

Im Winter 1941/1942, als der deutsche Vormarsch vor Moskau stecken blieb, war der Krieg eigentlich schon verloren, aber kaum jemand wollte es wahrhaben. Hals über Kopf wurde die Bevölkerung aufgerufen, für die Soldaten in Russland Winterkleidung und Skier zu spenden. Pimpfe und Jungmädel zogen gehorsam von Haus zu Haus, um die Spenden einzusammeln. Das meiste blieb in der Heimat liegen, weil die Wehrmacht kaum etwas damit anfangen konnte. Fast alle Jungen und Mädchen waren in irgendeiner Weise am „Kriegseinsatz der Hitler-Jugend" beteiligt. Um dem Rohstoffmangel zu begegnen, war ständig ein Ameisenheer von

Chronik

31. Januar 1943
Kapitulation der 6. deutschen Armee in Stalingrad.

13. Mai 1943
Kapitulation des deutschen Afrikakorps.

3. September 1943
Waffenstillstand zwischen Italien und den Alliierten.

6. Juni 1944
Landung alliierter Truppen in der Normandie.

20. Juli 1944
Der Versuch deutscher Offiziere, Hitler durch einen Sprengstoffanschlag zu ermorden, scheitert.

30. April 1945
Hitler verübt im Bunker unter der Reichskanzlei Selbstmord.

7./8. Mai 1945
Die deutsche Wehrmacht kapituliert an allen Fronten.

5. Juni 1945
Deutschland wird in vier Besatzungszonen aufgeteilt.

6. August 1945
Abwurf der ersten Atombombe auf Hiroshima.

20. August 1945
Die Nürnberger Prozesse gegen die 24 deutschen Hauptkriegsverbrecher beginnen. Zwölf von ihnen werden später hingerichtet.

August 1946
Die ersten CARE-Pakete treffen in Bremen ein. Bis 1960 werden knapp 10 Mio. Nahrungsmittelpakete aus den USA nach Westdeutschland verschickt.

4. Januar 1947
Die erste Ausgabe des Magazins „Der Spiegel“, gegründet von Rudolf Augstein, erscheint.

12. März 1947
Die Truman-Doktrin, benannt nach dem amerikanischen Präsidenten, wird zum Prinzip amerikanischer Außenpolitik. Danach soll allen vom Kommunismus bedrohten Ländern wirtschaftliche und militärische Hilfe gewährleistet werden.

Der „Volksempfänger“ als Propaganda-Instrument

im Keller sitzenden Hausbewohner alarmieren zu können. Auch bei Löscharbeiten und der Rettung von Menschen aus brennenden Häusern halfen wir mit. Zwei vierzehnjährige Luftschutzhelfer retteten mutig unsere Schule, indem sie bei einem Angriff Brandbomben, die auf dem Dachboden lagen, vor dem Zünden blitzschnell durch eine Luke ins Freie warfen.

Die „Weiße Rose“

Am 18. Februar 1943, dem Tag, an dem Goebbels zum „totalen Krieg“ aufruft, werden in der Münchner Universität die Geschwister Hans und Sophie Scholl, 24 und 21 Jahre alt, verhaftet. Sie sind vom Hausmeister beim Verteilen von Flugblättern der „Weißen Rose“, eines Widerstandskreises gegen das Hitler-Regime, ertappt und denunziert worden. Aus moralischer Empörung hatten sie ein Jahr zuvor, zusammen mit Professor Huber und einigen Freunden, ihre Tätigkeit aufgenommen. In den selbst entworfenen und heimlich vervielfältigten Flugblättern erklärt die „Weiße Rose“: „Mit mathematischer Sicherheit führt Hitler das deutsche Volk in den Abgrund. Hitler kann den Krieg nicht gewinnen, nur noch verlängern! Seine und seiner Helfer Schuld hat jedes Maß überschritten ... Ein Verbrechertum kann keinen deutschen Sieg erringen. Trennt Euch rechtzeitig von allem, was mit dem Nationalsozialismus zusammenhängt!“ Die Gruppe hat Anhänger in Berlin, Hamburg und anderen Städten. Vier Tage nach ihrer Verhaftung werden die Geschwister Scholl und ihr Freund Christoph Probst zum Tode verurteilt und noch am selben Tag hingerichtet. Drei weitere Todesurteile folgen. Aber die „Weiße Rose“ existiert weiter.

Jugendweihe statt Konfirmation

An die Stelle der Konfirmation trat immer mehr die nationalsozialistische Jugendweihe. Die Aufnahme in die Gemeinschaft der Erwachsenen ähnelte im Ablauf den Verpflichtungsfeiern der Hitler-Jugend. Ein Parteiredner sprach und jeder von uns 14-Jährigen, die nun keine Pimpfe mehr waren und schon die neue HJ-Uniform trugen, bekam eine Ausgabe von Hitlers Buch „Mein Kampf“ überreicht. Zu Hause gab es dann von Eltern und Verwandten Geschenke, die sich im fünften Kriegsjahr noch hatten auftreiben lassen.

Obwohl ihre Kinder an der Jugendweihe teilnahmen, hielten viele Familien an christlichen Traditionen fest. Die Kirchen, falls noch nicht von Bomben zerstört, waren gut besucht, es gab Fronleichnamsprozessionen, Taufen und christliche Begräbnisse wie früher, auch wenn es die Parteifunktionäre nicht gern sahen.

„Fest der Wintersonnenwende“
ersetzt Weihnachten

Die meisten Deutschen verstanden es, den neuen Hitlerkult mit dem alten Glauben zu vereinbaren. Jeder kannte noch die Bedeutung von Weihnachten und Ostern als Feste der Geburt und Auferstehung Christi. Allerdings lernten wir in der Schule, dass Weihnachten eigentlich das germanische Fest der Sonnenwende sei und vor allem deshalb gefeiert werde. Bei den Protestanten gab es auf der einen Seite die hitlertreuen „Deutschen Christen“ mit dem „Reichsbischof“ Müller, genannt „Reibi“, an der Spitze, der schon 1934 das Evangelische Jugendwerk mit 700 000 Mitgliedern in die Hitler-Jugend überführt hatte. In scharfem Gegensatz dazu stand die „Bekennende Kirche“ des Widerstandes um Pfarrer Martin Niemöller und andere Geistliche. Durch manche katholischen Gemeinden ging ein ähnlicher Riss.

Vernichtung des Warschauer Ghettos

Zwei Bataillone der Waffen-SS rücken am 19. April 1943 in das Ghetto der Juden von Warschau ein, um die letzten der hier noch lebenden 60 000 von ursprünglich 400 000 Menschen zusammenzutreiben und ebenfalls in Vernichtungslager zu deportieren. Die Juden können, wie schon einmal im Januar 1943, die SS durch Wurfgeschosse von den Dächern zunächst zum Rückzug zwingen. Stunden später beschießt die SS das Ghetto mit Geschützen. Am nächsten Tag setzt sie Flammenwerfer ein und steckt ein Haus nach dem anderen in Brand. Jüdische Männer, Frauen und Kinder verteidigen mit zum Teil selbst gefertigten Waffen jeden Straßenzug. Den Abschluss der Vernichtung des Ghettos durch deutsche SS- und Polizeitruppen bildet die Sprengung der Synagoge am 16. Mai 1943. Die SS beziffert die Zahl der getöteten Juden auf mindestens 56 000.

Letzte unbeschwerte Ferientage 1943

Erste Zweifel am Endsieg

Den Sommerurlaub 1943 verbrachten wir Kinder mit den Eltern in Thüringen. In unserer Pension wohnten auch zwei Ehepaare aus Hamburg, die zwischen dem 24. und 31. Juli von Tag zu Tag mehr in Panik gerieten, weil sie erfuhren, dass ihre Heimatstadt in dieser einen Woche sechsmal von schweren Luftangriffen heimgesucht worden war. Mit Zunahme der Bombenangriffe auf immer mehr deutsche Städte begannen Teile der Bevölkerung allmählich doch an dem versprochenen deutschen „Endsieg" zu zweifeln. Wir Jungen wetteiferten zwar unbekümmert darum, wer die schönsten Bombensplitter gesammelt hatte, die nach jedem Luftangriff massenhaft auf den Straßen lagen. Aber Hunderttausende von Wohnungen, historischen Gebäuden, Kulturstätten, Geschäften und Industriebetrieben sanken in Schutt und Asche. Die Zahl der Obdachlosen, der Toten und Verwundeten stieg in der Heimat wie an der Front ins Uferlose. Eine Million Frauen zwischen 17 und 45 Jahren wurden 1943 als Arbeiterinnen für die Rüstungsindustrie dienstverpflichtet. Als Wehrmachts-, Marine- und Luftwaffenhelferinnen standen junge Frauen im unmittelbaren Kriegseinsatz. In der Landwirtschaft ersetzten Frauen und Mädchen ihre Männer und Väter an der Front schon seit Jahren.

800 000 Kinder werden umquartiert

Bei einem Luftangriff im Dezember 1943 brannte unsere Schule bis auf die Grundmauern nieder. Die meisten Mitschüler wurden im Rahmen der „Kinderlandverschickung" evakuiert. Mit dieser von der HJ organisierten Großaktion,

Ausgebombte und Flüchtlinge aufzunehmen. Aus Turnhallen, Tanz- und Versammlungssälen waren längst Notunterkünfte geworden. Die Kino-Wochenschau zeigte Filmaufnahmen von Frauen und alten Männern, die das Schießen mit der Panzerfaust übten. Die Zeitungen brachten Bilder von Hitler-Jungen mit Panzerfäusten auf Fahrrädern, die sich der Sowjetarmee entgegenstellen sollten. 350 000 Jungen und 125 000 Mädchen der Jahrgänge 1929 und 1930 waren zum Ausheben von Unterständen und Panzergräben eingesetzt, 16-jährige Mädchen bedienten als Flakhelferinnen Scheinwerfer-Batterien.

Kindersoldaten für den Endkampf um Berlin

1945 erhielten wir Angehörige des Jahrganges 1929 die Einberufungsbefehle für die Armee, eigentlich für das, was von ihr noch übrig war. 6000 16-Jährige standen schon bereit zur Verteidigung von Berlin, sogar Jungen im Alter von zwölf bis 15 Jahren waren darunter.

Aus einem Unkraut-Vertilgungsmittel und anderen Chemikalien stellten wir Sprengstoff her, den wir in leere, mit einem Stiel versehene Kondensmilch-Dosen füllten. Sie dienten als Übungshandgranaten für den Ernstfall. Bei der Hitler-Jugend sangen wir uns mit dem Lied „Wenn andere untreu werden, so bleiben wir doch treu“ immer noch Mut zu. Aber schon hörten wir manchmal heimlich den englischen „Feindsender“ BBC, was streng verboten war und mit Zuchthaus bestraft wurde.

Die Lebensmittelrationen für die Zivilbevölkerung wurden halbiert. Ab März 1945 bekam jeder für vier Wochen nur noch 6,8 kg Brot, 500 g Fett, 300 g Teigwaren und zwei Liter Magermilch, Fleisch so gut wie nicht mehr. Wenn nach einem Bombenangriff ein Pferd tot auf der Straße lag, stürzten die Menschen mit Messern aus den Häusern und schnitten sich Fleischstücke herunter.

Am 16. April 1945 begann der Endkampf um Berlin, in Leipzig zogen immer öfter amerikanische Tiefflieger ungestört am Himmel ihre Kreise, sie hielten nach Zielen für die Bordwaffen Ausschau. Am Abend des 17. April und am nächsten Morgen hörten wir Geschütz- und Maschinengewehrfeuer, das stärker wurde und schnell näher kam. In der Stadt herrschte große Nervosität. Jeder, der zu Hause eine Fahne hatte, und das waren fast alle, trennte schnell noch das weiße Feld mit dem schwarzen Hakenkreuz aus dem roten Tuch.

Viele verbrannten NS-Literatur, Hitler-Bilder und ihre braunen Uniformen, Geld, Goldsachen und andere Wertgegenstände wurden hastig vergraben. Am Vormittag des 18. April gab es im Sanitätsraum unseres HJ-Heimes plötzlich einen ohrenbetäubenden Knall. Die Regale schwankten, Glasflaschen zerschellten auf dem Boden – ganz in der Nähe war eine Granate eingeschlagen, weitere folgten. Damit war unser Dienst bei der Hitler-Jugend für immer beendet, wir durften nach Hause gehen.

Einmarsch der Amerikaner und weiße Bettlaken zum Zeichen der Kapitulation

Kaugummi aus den Händen der Befreier

Weiße Bettlaken und die ersten Kaugummis

In immer mehr Fenstern tauchten zum Zeichen der Kapitulation weiße Bettlaken auf, obwohl darauf die Todesstrafe stand. Am späten Nachmittag staunten wir über die ersten Jeeps mit GIs. Immer mehr Neugierige wagten sich auf die Straße. Bald hielten Kinder den ersten Kaugummi ihres Lebens in der Hand. In anderen Stadtvierteln hielten sich noch Widerstandsnester von fanatischen SS-Leuten und Hitler-Jungen. Sie forderten in letzter Minute Tote und Verwundete auf beiden Seiten. Am 20. April 1945 waren die letzten Kämpfe beendet. Lange Reihen von gefangenen Deutschen zogen mit erhobenen Händen, bewacht von US-Soldaten, an uns vorüber. Nur wenigen war es gelungen, ihre Uniform mit Zivilkleidung zu vertauschen, um so der Gefangennahme zu entgehen. Einige Nazi-Führer endeten durch Selbstmord. US-Jeeps fuhren von Haus zu Haus und sammelten Waffen, Ferngläser und Fotoapparate ein. Die Quittung schrieben sie gern auf eine Wand im Hausflur. Auf Befehl der Besatzungsmacht durften Deutsche zwischen 18 Uhr und 7 Uhr morgens die Häuser nicht verlassen.

Die letzte Lüge der Nazis

Im Radio hörten wir, wie Hitlers Propagandaminister Goebbels aus der schon dem Untergang geweihten Reichskanzlei in Berlin immer noch Durchhalteparolen ausgab. Dabei reichten sich am 25. April 1945 amerikanische und sowjetische Soldaten in Torgau an der Elbe schon die Hände, Deutschland war in eine Nord- und eine Südhälfte geteilt. Fünf Tage später hieß es in den Nachrichten, dass Adolf Hitler „bis zum letzten Atemzug gegen den Bolschewismus kämpfend“ in Berlin gefallen sei. Es war die letzte Lüge der Nationalsozialisten. In Wahrheit beging er, ebenso wie Goebbels mit seiner Familie, feige Selbstmord. Viele, die bis zuletzt an ihren „Führer“ geglaubt hatten, trauerten um ihn, die meisten aber atmeten erleichtert auf. Am 8. Mai 1945 kapitulierte die Wehrmacht an allen Fronten. Mehr als 30 000 14- bis 16-jährige Hitler-Jungen, Angehörige unserer Generation und auch unseres Jahrganges, waren noch im letzten Kriegsjahr gefallen.

Eine neue Zeitrechnung beginnt

Hitler war tot und mit ihm die Hitler-Jugend. Alles, woran wir geglaubt hatten, erwies sich als ein Nichts. Es begann eine neue Zeitrechnung. Oft wunderten wir uns über uns selbst, dass wir die deutsche Niederlage und das schmähliche Ende des Nationalsozialismus so locker und ohne Bedauern hinnahmen, jedenfalls die meisten. Fast alles, was man uns vom Kindergarten bis zur Jugendweihe und darüber hinaus eingetrichtert hatte, verflog in wenigen

Wochen. Lag es daran, dass wir einfach nicht zu den Verlierern gehören wollten? Oder erkannten wir angesichts der erdrückenden Beweise doch schneller als viele Ältere den verbrecherischen Charakter des NS-Regimes?

Die Potsdamer Konferenz

Am 17. Juli 1945 beginnt in Potsdam die Konferenz der drei Siegermächte mit US-Präsident Harry S. Truman, dem englischen Premierminister Winston Churchill und dem sowjetischen Regierungschef Joseph Stalin. Es geht um die Aufteilung Deutschlands. Der Norden von Ostpreußen mit der Hauptstadt Königsberg wird der Sowjetunion zugesprochen, der Rest von Ostpreußen fällt an Polen. Auch die Gebiete östlich von Oder und Lausitzer Neiße kommen unter polnische Verwaltung. Die in Polen, der Tschechoslowakei und Ungarn lebenden Deutschen werden ausgesiedelt, was in der Praxis Vertreibung bedeutet. Deutschland wird in vier Besatzungszonen, Berlin in vier Sektoren aufgeteilt, die unter amerikanische, sowjetische, englische und französische Militärverwaltung kommen. Eine zentrale Regierung ist bis auf weiteres nicht vorgesehen. Zu Gunsten der Sowjets ziehen sich Amerikaner und Briten aus Sachsen, Thüringen und Mecklenburg zurück. Die Sowjetunion erhält 25 Prozent der in den Westzonen demontierten Industrieanlagen. Die deutsche Bevölkerung wird „entmilitarisiert" und „entnazifiziert". Demokratische Parteien werden zugelassen. Waffen und Munition müssen abgeliefert werden, in der Sowjetzone auch Devisen sowie Gegenstände aus Gold und Silber.

Im Schulterschluss mit „Trümmerfrauen"

Mit Kriegsende fiel der Schulunterricht für unbestimmte Zeit aus. Dafür mussten wir älteren Schüler täglich mit Besen und Schaufel antreten, um in den von der deutschen Wehrmacht verlassenen Kasernen Müll und Unrat zu beseitigen. Danach halfen wir, zusammen mit den „Trümmerfrauen", den Schutt der zerbombten Häuser von den Straßen zu räumen und von jedem halbwegs brauchbaren Ziegelstein den Mörtel abzukratzen, denn neues Material für den

Vor Schulbeginn: Trümmer des Bombenkrieges beseitigen helfen

Wiederaufbau gab es noch nicht. 16-Jährige erhielten als Stundenlohn 36 Pfennige, erwachsene Männer das Doppelte, Frauen 56 Pfennige. Die meisten „Trümmerfrauen" arbeiteten aus purer Not, ihre Männer waren gefallen oder in Gefangenschaft. Andere wurden von ihren Betrieben zur Schuttbeseitigung eingesetzt. Ehemalige führende Nationalsozialisten mussten ohne Bezahlung helfen, die Trümmerberge wegzuräumen.

Statt Wirtschaftsleben Schwarzer Markt und Tauschgeschäfte

Nur 280 Gramm Fleisch und Wurst im Monat

Die Lebensmittelrationen wurden Ende Mai 1945 weiter herabgesetzt, auf 1200 Kalorien pro Tag, die Hälfte des normalen Bedarfs von Jugendlichen und Erwachsenen. Wer arbeitete und älter war als 14, erhielt im Monat 2,8 kg Brot, 280 g Fleisch und Wurst, 105 g Butter oder Fett, 210 g Nudeln und 140 g Zucker, nicht Arbeitende mussten mit jeweils der Hälfte auskommen. Dagegen bekamen diejenigen, die es sich leisten konnten, auf dem „Schwarzen Markt" fast alles: ein Drei-Pfund-Brot für 120 Mark, ein Stück Butter für 200, ein Pfund Zucker oder Mehl für 60, ein Pfund Kaffee für 500 Mark, eine Zigarette für acht. Die Polizei unternahm ständig Razzien, erwischte aber meistens nur die kleinsten Fische. In den Händen der großen Schwarzhändler und Schieber sammelten sich riesige Vermögen an. Dass Mitte Juni die Ausgangssperre für Deutsche auf die Zeit von 21.30 Uhr bis 5 Uhr früh verkürzt wurde, war angesichts der reduzierten Lebensmittelrationen kein Trost.

Jazz statt Marschmusik und Nazi-Lieder

Jazz von früh bis spät

Wenn sich der ideologische Unrat, der sich über all die Jahre in unseren Köpfen angesammelt hatte, so schnell verflüchtigte, so lag das wohl auch daran, dass nicht nur die deutschen „Fräuleins“ die „Amis“, wie man die US-Soldaten bald nannte, ziemlich nett fanden. Sie traten so lässig auf, fuhren meistens im Jeep, gingen fast nie zu Fuß, falls aber doch, wippend auf leisen Gummisohlen, nicht etwa in Knobelbechern. In ihren schicken Uniformen sahen sie aus, als kämen sie gerade frisch aus der Kleiderkammer. Der süßliche, betäubende Duft ihrer Zigaretten und die hinreißende Musik, der Jazz, der nicht nur von früh bis spät aus dem Soldatensender AFN strömte, sondern sogar bei Aufmärschen von ihren Militärkapellen gespielt wurde – das alles fanden wir ganz fabelhaft. Auch im Vergleich zur vierten Besatzungsmacht, den Sowjets, schnitten Amerikaner, Engländer und Franzosen bei den meisten Deutschen ziemlich gut ab.

Schulbeginn mit Neulehrern und ohne Lehrbücher

Im Herbst 1945 begann für uns wieder der Schulunterricht. Der Lehrplan hatte sich stark verändert, die Benutzung alter Lehrbücher war verboten, neue gab es noch nicht. Die meisten Mitschüler von einst waren in alle Winde verstreut, dafür sah man viele neue Gesichter, Flüchtlinge aus den ehemaligen deutschen

Ostgebieten und junge Kriegsheimkehrer, die das Abitur nachholen wollten. Fast alle unsere früheren Lehrer waren als NSDAP-Mitglieder aus dem Schuldienst entfernt worden. Politisch unbelastete „Neulehrer" traten an ihre Stelle. Es waren Studenten höherer Semester und pensionierte Beamte, frühere Kaufleute und Techniker, die ihren Arbeitsplatz verloren hatten. Sie wurden in Fortbildungskursen und Lehrgängen, die je nach Bedarf zwei Monate oder zwei Jahre dauern konnten, auf den neuen Beruf vorbereitet. Die Neulehrer wechselten häufig, deshalb fiel der Unterricht immer wieder aus. Die meisten von ihnen mochten wir, denn sie waren weniger streng als die Lehrer vor 1945.

„Einmal richtig satt essen!"

Für viele von uns lebenswichtig war die tägliche Schulspeisung. Sie bestand aus einem Schlag Suppe, Milchreis oder Gemüsebrei, dazu gab es ein Roggenbrötchen. Manchmal war es die einzige richtige Mahlzeit am Tag. Daheim kam oft wochenlang nur Brei aus Mangold- oder Zuckerrübenblättern auf den Tisch, Brennnesselsuppe, Brot aus Kartoffelschalen und Brotaufstrich aus Hefeflocken. Nur wenige Glückliche konnten manchmal das CARE-Paket einer amerikanischen Hilfsorganisation in Empfang nehmen. „Einmal richtig satt essen" war wohl einer der am häufigsten gesprochenen Sätze jener Jahre. Wie oft träumten wir von einem Butterbrot und unsere Mütter von einer Tasse Bohnenkaffee! Für einen Kohlkopf oder einen Liter Metzelsuppe mussten wir beim Gemüsehändler und beim Fleischer stundenlang anstehen. Wer Pech hatte, bekam am Ende trotzdem nichts mehr.

Um wenigstens etwas Abwechslung in den Speisezettel zu bringen, legten Hausfrauen in Wasser eingeweichte Brötchen mit Lorbeerblatt und Zwiebel in Essig ein, und fertig war der falsche Brathering. Angedicktes Mehl mit Majoran und Graupen mit Mettwurstaroma ergaben wunderbare Brotaufstriche. Hausgemeinschaften taten sich zusammen und kochten im Waschkessel Saft aus Rübenschnitzeln, das waren Abfälle aus der Zuckerindustrie. Raucher bauten Tabak in Blumenkästen an, trockneten ihn auf dem Balkon, und zur Geschmacksverbesserung konnte man verschiedene Fermente kaufen. Die Stadtverwaltung verpachtete parzellenweise Grünflächen, damit die Menschen Gemüse anbauen konnten. Leider wurde kurz vor der Ernte viel davon gestohlen.

Bei der Kleidung war es nicht anders als bei den Lebensmitteln, es fehlte an allem. So entstanden unter den geschickten Händen unserer Mütter aus Fahnen, die niemand mehr sehen wollte, Röcke und Blusen, aus Uniformteilen Jacken und aus zwei alten Anzügen ein neuer.

Zum Hamstern mit dem Fahrrad über Land

Zu „Hamsterfahrten" ging es hinaus aufs Land, mit dem Fahrrad oder mit der Bahn. Bei den Bauern tauschten wir Stadtbewohner für einen Sack Möhren, Zwiebeln oder Kartoffeln alles ein, was sich entbehren ließ: Teppiche, Schmuck, Pelze, Kleider, Schuhe, Porzellan, Kochtöpfe und vieles mehr. Wenn man nichts mehr hatte oder die Bauern nichts mehr brauchten, dann konnte man nur noch betteln gehen. Im Spätsommer durften wir auf abgeernteten Feldern die liegen gebliebenen Ähren auflesen, um daheim mit der Kaffeemühle aus den Körnern Mehl zu machen. Bei den „Hamsterfahrten", aber auch sonst in Zügen und Straßenbahnen, konnte man sich oft nur noch mit Mühe einen Platz auf dem Puffer oder dem Trittbrett erkämpfen. Der Mangel an Transport- und Verkehrsmitteln ließ fast jede Fahrt zum Abenteuer werden.

„Hamsterfahrten" in überfüllten Zügen

Schulräume als Wärmestuben

Winter 1946: In manchen Klassenzimmern war es bitterkalt

Im Winter waren die Schulräume zugleich Wärmestuben. Zu Hause konnten die Zimmer nur notdürftig mit Nasspress-Steinen aus Kohlestaub und Sägespänen beheizt werden. Das Thermometer stieg selten über zehn Grad. Auf Trümmergrundstücken suchten wir verzweifelt nach Brennholz, meist vergeblich. Kilometerweit liefen wir hinter Lastwagen her, die Kohle transportierten, immer in der Hoffnung, dass ein paar Stücke herunterfallen. In der Zeitung las man oft von Überfällen auf Kohlezüge. Wer ein Theater oder ein Konzert besuchen wollte, musste an der Kasse mit dem Eintrittsgeld zwei Briketts abgeben. Auch in einigen Gaststätten bekam man ohne Abgabe von Kohlen und Kartoffeln nichts zu essen.

Aufbruchstimmung und das kulturelle Erwachen lassen die Not vergessen

In den Oster- und Sommerferien 1946 schwangen wir Freunde uns aufs Fahrrad, um hinauszufahren in die Natur. Dort bauten wir am Waldrand unsere Zelte auf oder schliefen bei freundlichen Bauern im Stroh. Meist fiel dabei auch etwas für den Kochtopf ab, den wir nach altem Pfadfinder- und Pimpfenbrauch weiterhin „Hordenpott" nannten. Nachts saßen wir dann am Lagerfeuer, klönten und sangen unsere Lieder. Für eine Woche oder zwei war die Not vergessen. Trotz aller Entbehrungen und Schicksalsschläge, viele Väter waren gefallen, noch in Kriegsgefangenschaft oder interniert, herrschten unter uns Jugendlichen Aufbruchstimmung und Optimismus. Jeder war froh, nach all den Jahren geistigen Zwanges zum ersten Mal in seinem Leben lesen, sagen und schreiben zu dürfen, was er wollte.

In den wieder eröffneten Theatern, die meist noch provisorisch untergebracht waren, konnten wir endlich Stücke von Bertolt Brecht sehen und Lessings „Nathan der Weise", der bei den Nazis ebenfalls verboten war. In Buchhandlungen und Bibliotheken entdeckten wir die Bücher von Heinrich und Thomas

Ausflüge ins Grüne ließen die Not vergessen

Mann, Kurt Tucholsky, Lion Feuchtwanger und vielen anderen einst geächteten Schriftstellern. Oft gingen wir ins Kino. 1946 kamen die ersten beiden deutschen Nachkriegsfilme heraus: „Die Mörder sind unter uns" von Wolfgang Staudte mit Hildegard Knef in einer tragenden Rolle und „Irgendwo in Berlin" von Gerhard Lamprecht, ein Film, der Kinderschicksale nach Kriegsende behandelt. Das übrige Angebot bestand nur aus alten Unterhaltungsfilmen wie „Immensee" oder „Maske in Blau".

Ballgeflüster trotz knurrendem Magen

Abschlussball einer Tanzschule, Leipzig 1947

Die Nähe zu Nahrhaftem

Nach dem Krieg ergriff die Nation ein regelrechtes Tanzfieber. Schon deshalb galt die Teilnahme am Unterricht einer Tanzschule vielen Jugendlichen als Verpflichtung. Wo sonst konnte man so viele nette Mädchen bzw. Jungen auf einmal kennen lernen und wie ließ sich der Schulalltag der Nachkriegszeit für einige Monate besser verschönern als mit Tanzen, Ausflügen der Tanzschule ins Grüne und einem rauschenden Abschlussball? Als Partnerinnen und Partner besonders begehrt waren natürlich jene, die eine Beziehung zu irgendetwas Nahrhaftem aufweisen konnten. Wer zum Beispiel bei der Wahl seiner Tischdame für den Abschlussball an eine Bäckerstochter geriet oder an eine junge Dame, deren Vater mit Milchprodukten handelte, der hatte das große Los gezogen.

Eine der wichtigsten Entdeckungen nach dem Krieg war für uns der Jazz. Namen wie Louis Armstrong, Duke Ellington, Benny Goodman und Glenn Miller waren bald in aller Munde. Auch durch deutsche Tanz- und Jazz-Orchester wurde der Swing zum neuen Lebensgefühl der Flakhelfer-Generation.

Grenzgänger

Gleich nach Kriegsende entwickelte sich zwischen der Sowjetischen Besatzungszone und den Westzonen ein reger Grenzverkehr. Familien, die der Krieg zerrissen und in alle Winde verstreut hatte, wollten wieder zusammenfinden, Bewohner der Ostzone wollten den Westen erkunden, sich dort endlich wieder einmal satt essen und oft schon ihre Flucht vorbereiten. Nimmt man die Kinderlandverschickungen, die Evakuierungen während des Bombenkrieges und die Vertreibungen aus den früheren deutschen Ostgebieten hinzu, so befanden sich jeweils Millionen Menschen über zwanzig Jahre hinweg auf der Flucht, darunter viele Angehörige des Jahrganges 1929.

Neben vielen Erinnerungen an die Kindheit und die Schulzeit, an die Jugend und den Krieg bleibt uns vor allem die Überzeugung, die der Kabarettist Dieter Hildebrandt, nur ein Jahr älter als wir, am Ende eines seiner Gedichte so formuliert hat: „Wir waren einst die Kinder und wir sind gebrannt.“ Deshalb gibt es für uns heute und in Zukunft nichts Wertvolleres als die Erhaltung des Friedens.

1947 – das letzte Schuljahr vor dem Abitur (der Autor ganz links im Bild)